Connais-tu ?

LES ANIMAUX DU FROID

Auteur et illustrateur : Olivier Le Gall

Larousse Jeunesse

CONNAIS-TU LE LOUP ARCTIQUE ?

Le loup arctique habite dans les régions glaciales de l'Amérique du Nord. Il vit dans un groupe qu'on appelle une meute.

Le loup arctique se nourrit de lièvres et de lemmings.

La louve s'abrite dans une grotte pour porter ses petits.

Les petits louveteaux naissent tout gris.

Il existe plusieurs espèces de loups :

le loup gris

le loup d'Éthiopie

le loup de l'Est

Son épaisse fourrure blanche
le protège du froid glacial.

Quand le loup arctique est avec sa meute,
il peut chasser le caribou.

Pour appeler les autres,
le loup arctique hurle.

Seul le couple dominant peut diriger
la meute et avoir des petits.

CONNAIS-TU LA BALEINE BLEUE ?

La baleine bleue ou rorqual bleu est le plus grand animal du monde. Elle vit souvent seule et voyage dans la plupart des océans.

La baleine bleue mange du krill et du plancton piégés dans ses fanons.

La femelle baleine est plus grosse que le mâle.

Aussitôt né, le baleineau est porté à la surface par sa mère pour respirer.

Il existe plusieurs espèces de baleines :

la baleine à bosse

la baleine grise

la baleine boréale

La baleine respire grâce
à un petit trou
sur son front, l'évent.

Le baleineau tète le lait de sa mère,
qui le fera grossir rapidement.

Au fond des océans, la baleine bleue
chante pour attirer les femelles.

La baleine bleue doit
se méfier des orques.

CONNAIS-TU LE MORSE ?

Le morse vit en très grand groupe dans les mers et sur les banquises du pôle Nord. Il a deux longues défenses qui le rendent unique.

Le morse racle les fonds marins et aspire : coquillages, crabes et crevettes.

Avant l'accouplement, le morse fait des vocalises pour séduire la femelle.

La maman morse fait naître un seul petit et l'emmène nager tout de suite.

Il existe plusieurs espèces proches du morse :

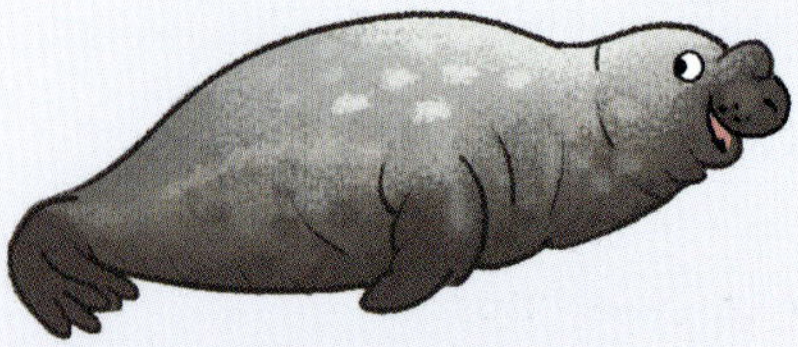

l'éléphant de mer

l'otarie

le lion de mer

Le morse qui a les plus
grandes défenses devient le chef.

Si un morse est en danger, tout le groupe
vient lui porter secours.

Bébé morse et sa maman
restent ensemble pendant trois ans.

Le morse peut dormir
en flottant à la surface de l'eau.

CONNAIS-TU LE NARVAL ?

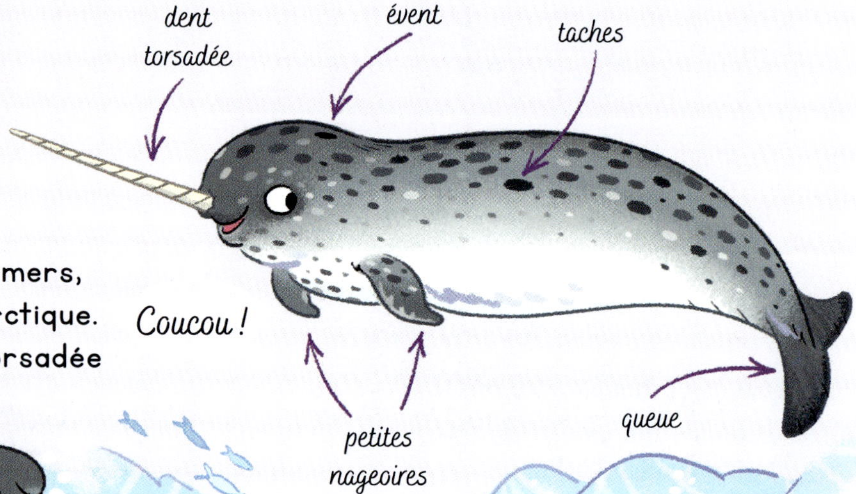

Le narval, appelé licorne des mers, vit en groupe dans l'océan Arctique. Il possède une longue dent torsadée qui ressemble à une corne.

Le narval mange de tout : poissons, crevettes, calmars, crustacés, mollusques.

La femelle est plus petite et n'a pas de longue dent.

Elle donne naissance à un seul petit, qu'elle allaite.

Le narval change de couleur avec l'âge :

le bébé narval (gris-bleu)

le jeune narval (bleu-noir)

le narval adulte (gris tacheté)

Le narval utilise parfois sa dent pour assommer les poissons avant de les manger.

Quand il vient respirer entre les glaces, le narval doit éviter l'ours polaire.

Le narval voyage en groupe à la recherche de nourriture.

À la fin de sa vie, vers 50 ans, le narval est presque tout blanc.

CONNAIS-TU L'OURS BLANC ?

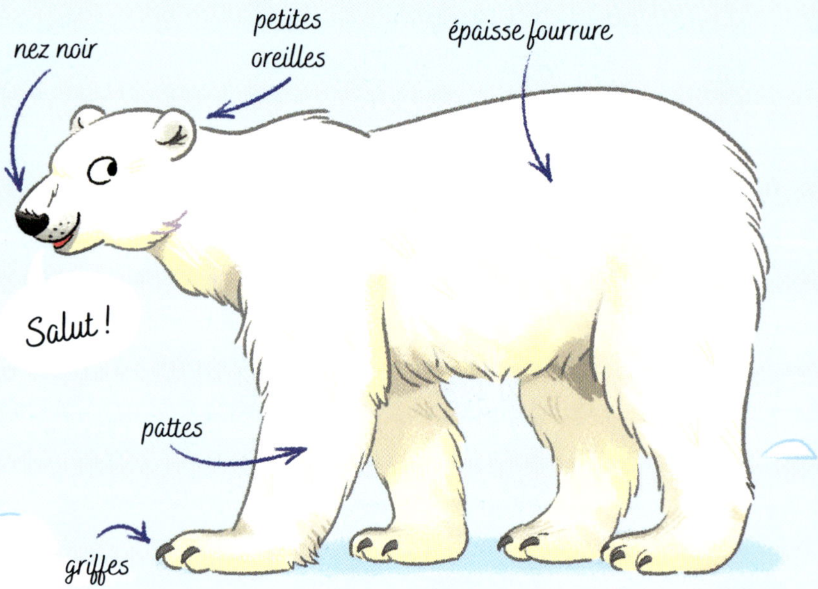

L'ours blanc, appelé aussi ours polaire, vit sur la banquise tout autour du pôle Nord. Cet animal à l'épaisse fourrure est un solitaire.

L'ours polaire mange beaucoup ! Des phoques, du poisson et même des morses.

La femelle ourse est moins grosse que le mâle.

Dans la tanière, la femelle met au monde un ou deux oursons.

Il existe plusieurs espèces d'ours :

l'ours brun

l'ours noir

l'ours kodiak

L'ours blanc est un excellent nageur.
Il est très à l'aise dans l'eau.

Son super odorat lui permet de sentir
un phoque à travers la glace.

Sous son épais pelage,
l'ours polaire a la peau noire.

Grâce à sa fourrure toute blanche
il peut chasser sans se faire voir.

CONNAIS-TU LA PANTHÈRE DES NEIGES ?

La panthère des neiges vit dans les montagnes rocheuses, un peu partout en Asie. Cet animal solitaire parcourt de longues distances pour se nourrir.

La panthère des neiges chasse le grand bharal et de petits animaux.

La femelle trouve un trou dans la roche pour mettre bas.

Elle donne naissance à deux ou trois petits.

Dans la famille des panthères il y a :

la panthère nébuleuse

le jaguar

le léopard

Sa fourrure tachetée la rend presque invisible parmi les rochers enneigés.

La panthère des neiges est agile. Elle peut faire des sauts géants.

Les jeunes panthères suivent leur maman et apprennent à grimper.

La nuit, elle s'enroule dans sa longue queue pour dormir au chaud.

CONNAIS-TU LE PHOQUE ?

Le phoque vit en groupe près des côtes des pays du Nord. Il possède une épaisse couche de graisse qui le protège du froid.

Le phoque adore le poisson. Il mange aussi des crevettes et des calmars.

La femelle du phoque s'appelle la phoquesse.

Leur petit, le blanchon, a une belle fourrure blanche.

Il existe plusieurs espèces de phoques :

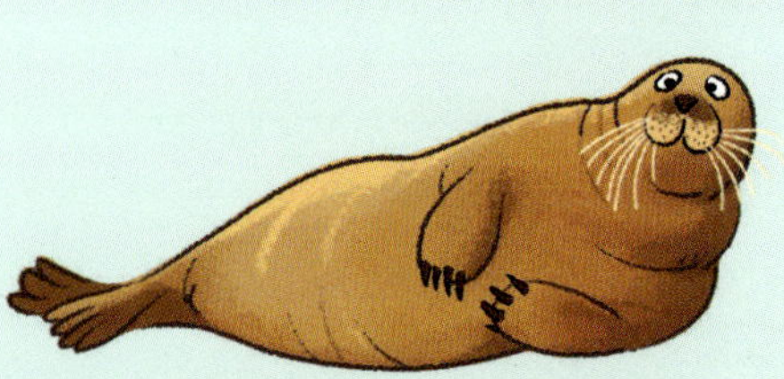

le phoque barbu

le phoque du Groenland

le phoque à capuchon

Le phoque utilise ses moustaches,
les vibrisses, pour repérer
le poisson.

Quand la glace recouvre l'eau,
il creuse un trou pour respirer.

Le phoque est un excellent nageur,
il peut plonger très profond.

Pour sécher, le phoque se met
en position « banane ».

CONNAIS-TU LE RENNE ?

Le renne est un animal qui vit dans les régions froides du globe. Son épais pelage le protège durant les longs mois d'hiver.

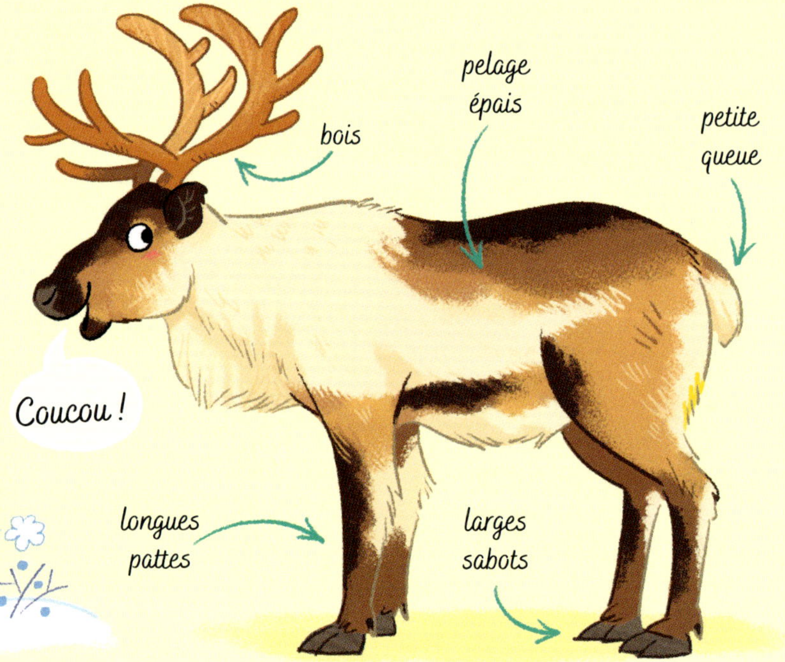

Le renne se nourrit d'herbes, d'écorces d'arbres, de buissons et de feuilles.

La femelle du renne porte des bois plus petits.

Après la reproduction, la femelle donne naissance à un petit faon.

Il existe plusieurs espèces de rennes :

le renne des forêts eurasiennes

le renne de la toundra

le renne de Svalbard

Le renne a de grands bois.
Ils tombent et repoussent
chaque année.

Pour trouver sa nourriture,
il doit beaucoup marcher
et parfois même nager.

Grâce à ses larges sabots, le renne
ne s'enfonce pas dans la neige.

Le renne se bagarre à coups de bois
pour séduire la femelle.

CONNAIS-TU LE MANCHOT EMPEREUR ?

Le manchot empereur vit en colonie autour du pôle Sud. Cet oiseau marin ne vole pas mais nage très bien.

Le manchot empereur mange principalement du poisson.

Le mâle couve l'œuf pendant que la femelle part pêcher.

Le bébé manchot naît avec une épaisse fourrure grise.

Il existe plusieurs espèces de manchots :

le manchot papou

le manchot des Galápagos

le gorfou doré

Pour avoir chaud l'hiver, les manchots
se serrent les uns contre les autres.

Le manchot doit se méfier de l'orque,
qui le guette dans l'eau.

Pour partir à la pêche,
il fait de grands plongeons.

Parfois, il s'amuse même
à glisser sur le ventre.

CONNAIS-TU LE RENARD POLAIRE ?

Le renard polaire est un animal qui vit dans les régions froides du globe. Il possède une belle fourrure blanche qui le protège du froid.

Le renard polaire se nourrit de lemmings, d'oiseaux ou de lièvres.

Sa fourrure blanche lui permet de ne pas se faire voir.

En hiver, il suit l'ours polaire pour lui voler de la nourriture.

Il existe plusieurs espèces de renards :

le renard roux

le renard du Bengale

le renard des sables

Le renard polaire vit
dans un terrier.

S'il y a une tempête, il creuse un tunnel
dans la neige pour se protéger.

Un couple de renards polaires
peut avoir jusqu'à sept petits.

Avec sa longue queue, il recouvre
ses pattes et son museau pour dormir.

PARMI LES ANIMAUX DU FROID, IL Y A AUSSI...

L'orque

L'orque fait très peur à tous les animaux marins.

L'hermine

Avec son pelage blanc, l'hermine peut se camoufler.

Le lièvre arctique

Ce lièvre creuse la neige grâce à ses longues griffes.

Le harfang des neiges

Ce hibou sait voler discrètement au ras du sol.

Le léopard des mers

Cet animal peut rester une heure dans l'eau sans respirer.

Le bœuf musqué

Son énorme toison protège le bœuf musqué du froid.

L'ORQUE
LA BALEINE BLEUE
LE LÉOPARD DES MERS
LE NARVAL
LE PHOQUE
L'OURS POLAIRE
LE MANCHOT
LE MORSE

LE HARFANG DES NEIGES
LA PANTHÈRE DES NEIGES
LE BŒUF MUSQUÉ
LE RENNE
LE RENARD POLAIRE
L'HERMINE
LE LIÈVRE ARCTIQUE
LE LOUP ARCTIQUE

Dans la même collection :

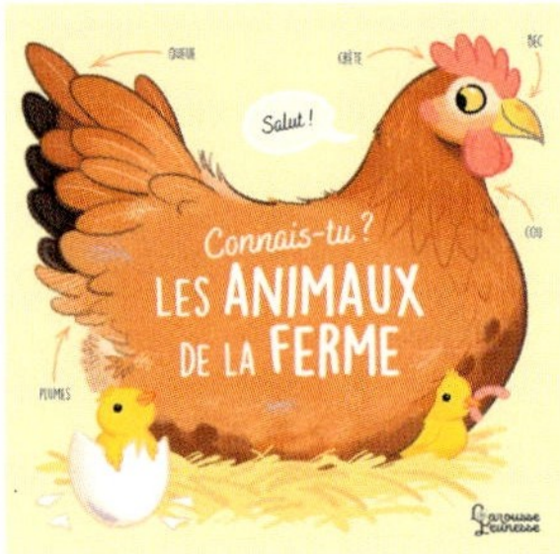

Direction de la publication : Sophie Chanourdie
Édition : Marie-Claude Avignon
Responsable artistique : Mélissa Chalot
Mise en pages : Elfried Werner
Fabrication : Rebecca Dubois

21, rue du Montparnasse - 75006 Paris
ISBN : 978-2-03-604461-6

Photogravure : Irilys
Imprimé par Graficas Estella
Dépôt légal : janvier 2024
333850-01 / 11052896 - novembre 2023

PAPIER CERTIFIÉ

LAROUSSE s'engage pour l'environnement en réduisant l'empreinte carbone de ses livres. Celle de cet exemplaire est de :
300 g éq. CO_2
Rendez-vous sur www.larousse-durable.fr